널 부르는 노래

널 부르는 노래

발행일   2022년 9월 1일

지은이   김웅길
펴낸이   손형국
펴낸곳   (주)북랩
편집인   선일영   편집   정두철, 배진용, 김현아, 박준, 장하영
디자인   이현수, 김민하, 김영주, 안유경, 신혜림   제작   박기성, 황동현, 구성우, 권태련
마케팅   김회란, 박진관
출판등록 2004. 12. 1(제2012-000051호)
주소   서울특별시 금천구 가산디지털 1로 168, 우림라이온스밸리 B동 B113~114호, C동 B101호
홈페이지   www.book.co.kr
전화번호   (02)2026-5777   팩스   (02)2026-5747

ISBN   979-11-6836-420-2 03810 (종이책)   979-11-6836-421-9 05810 (전자책)

(주)북랩 성공출판의 파트너

북랩 홈페이지와 패밀리 사이트에서 다양한 출판 솔루션을 만나 보세요!

홈페이지 book.co.kr   ·   **블로그** blog.naver.com/essaybook   ·   **출판문의** book@book.co.kr

김웅길
제 6시집

널 부르는 노래

오늘도 살포시 위로의 손길을 보낸다

북랩

序詩

널 부르며

지나간 것들은
다 그립다

슬펐던
순간마저도

아팠던
순간마저도

행복했던
순간은 더욱더

목차

2부_ 사색(思索)

3부_ 너만큼 나만큼

4부_ 물새 한 마리

5부_ 그냥 있어 줘

1부

행복하기

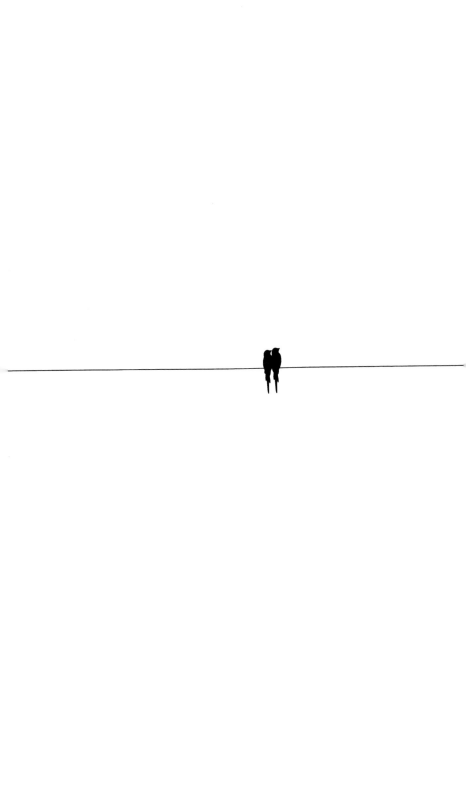

행복하기

요만큼만 가지고 살자
사랑에 대한 목마름도
인정에 대한 기대도
하고 싶은 열망도
지금 이대로

새로운 것에
담을 쌓아서도 안 되겠지
각질을 벗기어 내듯
묵은 지식 도려내는 것도
잊지는 말고

연식이 오래되어
고장 난 부품은
수리하고 교환하는 것도
즐거워해야 하겠지
아픔을 참으며

기대는 하지 말고
나눌 수 있는 것 나눌 때가
삶의 의미가 있는 것
기뻐하며 받는 모습이
사랑과 존경이려니

별것 아닌 것

아무리 작아도
별것 아닌 것은 없어
모든 변화는 대부분
작은 것에서 시작해
키우기도 하고
밟을 수도 있어.

정말 별것 아닌
허리부터 곧추세우고
얼굴에 미소 가득 담고
스윽 거울 한번 보면
괜찮은 사람이
웃고 있을 거야.

쉽지 않아

모든 것을 다 잘하는
사람은 없겠지
굳이 그럴 필요도 없을 거야.

모든 사람에게
좋은 사람이 되어
살 수도 없을 거야.

모든 사람이
싫어하는 사람이 되어
살 수도 없을 거야.

그런데 왜
신경 쓰고 염려하며
소심하게 사는 거야.

잘하는 것만 하고
좋은 사람만 만나며
살면 되는 건데.

그런 사람

아무런 이유 없이
정해지지 않은 시간을
편안하게 앉아
함께 할 수 있는

아무런 약속 없이
그 장소에
그 시간에
나타나 미소 짓는

멋대로 주문한
한 잔의 차를
식혀 마시고
손 흔들며 나서는

나는 너를
너는 나를
스치기만 해도
세상이 보이는

나답게

긴 여행을 하며
찾아갈 목적지를
가는 방법을
나름으로 바꿀
기회가 참 많았어.

비슷한 생각으로
세상의 어른들이 만든
지름길에 기대어
나만의 해답을 찾으려는
시도도 안 했어.

나만이 나답게
살 수 있는 걸
열정 가득할 때
듣지 않은 아쉬움이
깊은 주름으로 남았어.

쉬운 일

성공한 당신이
꼭 되고 싶지
지금 할 수 있는
일을 찾아서
즐겁게 하면 돼
쉬운 일이지.

실패한 당신이
되고 싶지는 않을 거야
지금 할 수 없는
일을 찾아서
불평만 하면 되는데
쉬운 일이지.

반복하다 보니
별것 아닌 것들이 모여
당신을 만들고
반추하는 시간이
나쁘지는 않을 거야
쉬운 일이지

걷다 보니 다 왔고
바람 새는 둥지엔
반길 사람 없어도
하고 싶은 일 하며
오고 싶은 곳에 온 것이
가장 큰 성공이야.

아내(1)

여울목에 걸려
침몰하는 나뭇잎을
애처롭게 바라보며
나뭇가지를 받쳐주는

풍랑이 없어도
불안히 흔들리는
조각배 같은 내 삶을
기다림으로 지켜보는

용감하고 단호하게
희망을 이야기하며
미련하게도 자리 지키는
오직 한 사람

中年의 生活日記

무리(無理)하지 않기
참지도 말기
아직은 몇 가지 안 되고
계속 늘어나겠지만
중년을 위한 도구가
위로하는 생활을 한다.

귀찮아진 일은 접고
느슨하게 풀어 놓은 시간은
스스로 놀다 오게 놔두고
흔들리는 독서 의자에 앉아
요기조기 숨어 있는
쉼표 찾기 놀이를 한다.

강아지 허리에서
애교 떨고 있는
햇살은 쉽게 찾고
냉장고 속에 숨어 있던
아내의 사랑은
힘들게 찾아냈다.

기대면 편해

의자에 등을
깊숙이 밀어 넣어봐

책상에 두 팔을
자유롭게 올려봐

소파에 엉덩이를
푹 맡겨봐

침대에 온몸을   각자 뒤뚱거리며
힘 빼고 널어봐   걷지 말고

나는 나대로   그냥 믿어
너는 너대로   기대면 편해

행복 만들기

날개를 펼쳐
창공을 날던 새가
땅으로 내려와
날개를 접고
자신을 토닥이듯

하루의 고된 시간을
마무리하며
자신을 다독이면
미소 짓는 햇살이
출근길에 동행할 거야.

벽(壁)

절벽과 절벽 사이
가로막은 벽이
스스로 쌓아 올린
한계라는 것을 알기까지
오랜 시간이 필요하지 않았어.

살아내야만 하는
삶에 대한 도전은
자유로움을 만들고
내가 만든 벽은
힘없이 무너져 내렸지.

지금 이 순간에
배우고 사랑하고
울고 웃으며
자신을 다독이며
여행을 계속하다 보면

사랑의 법칙

누가 더 무심한가
경쟁하는 연인이여
무슨 소용이 있나요
그냥 전화하여
보고 싶다고 말해요.

토라짐으로 외면한 채
시간만 죽이는 연인이여
무슨 소용이 있나요
그냥 바라보며
사랑한다고 말해요.

마음

혼자 놀면
뾰족하게
빨리 자라고

함께 놀면
두리뭉실
느리게 넓어지고

느림의 행복

손전화기로 검색하면
쉽게 찾을 수 있는데
옆에 둔 사전을
오래도록 뒤적이는

쉽게 잘 써지는
펜은 서랍에 재우고
손때 묻은 만년필에
잉크를 채우는

걷기엔 먼 우체국
손 편지 들고
타박타박 걸어가며
콧노래 부르는

순응(順應)

바꿀 수 없는
진실을 말해 줄까
봄빛에 노래하는 새들과
향기 품은 꽃들이
지난날의 그 새와 그 꽃일까
아니겠지 아닐 거야.

새 한 마리
지구 속으로 사라지면
다른 새가 날아와 노래하고
꽃 한 송이 시들면
다른 꽃이 뿌리내려
그 자리에 피어나고

사라지면 채우고
채우면 사라지는
경험의 순응으로
그 속도로 그 시간 속에
슬픈 것도 없고
아쉬운 것도 없고

다짐하기

음식은 선택하여
먹은 만큼만 배불러

술도 선택하여
먹은 만큼만 취해

사랑도 그럴 거야
마음먹은 만큼만

행복도 그럴 거야
마음먹은 만큼만

그러니까
마음부터 먹어

입 꾹 다물고
아작아작 씹어 먹어.

사랑해

무엇을 먹어도
그냥 맛있었어.

무엇을 해도
즐거웠어.

생각해 보니
네가 있었어.

궁금증

혼자서
태어나고

혼자서
죽는데

왜 혼자선
살 수 없을까.

벽 허물기

닫혀 있는 문은 벽이고
공간을 나누는 칼날
닫기 위한 문이 아니라
소통을 위한 통로

마음을 여는 것은
미소 띤 입꼬리
앙다물지 말고
이빨 몇 개 자랑하며 살자.

채우며 살자

처음부터 가득하면
어떻게 하니
비어 있어야
채우며 살지.

모자란 것이
부족한 것이
시간을 먹으며
채워지는 것

아는 만큼
보이는 만큼
마음에 드는 것을
고르고 골라

오해

생각이 달라서
그릇이 작아서
네가 하는 말을
주워 담지 못했어.

시간은 이럭저럭
홀로 흐르지 않아
가리었던 허구를
데리고 함께 가거든.

때로는 늦게
진실을 알게 되어
한없이 부끄럽지만
그래도 참 다행이야.

머릿속의 생각이
마음의 종이 위에
문자로 누울 수 있어서
정말 미안해.

희망(希望)

많이 힘들지
그래도
지금만큼
힘든 시절은
다시는 없을 거예요

나중에
큰 사람이 되면
지금을 잊지 말고
다른 사람에게
꼭 도움을 주세요.

우리는 모두
비슷한 괘도에 올라타요
통과하는
시간과 공간만
조금씩 다를 뿐

숙성(熟成)

잘해야 살아남는
세상이 아니라
잘한다는 평가를 받아야
살아남는 세상

타인의 의미 없는
말 한마디에
가시 세우고 살면
의기소침해질 거야.

어제의 나보다
매일 나아질 자신도 없고
더 이상 어리석지도 않아
이제 보니 젊지도 않고

비교나 평가를 접고
주름진 얼굴 사이에
미소 만들어 채우며
익어가기로 했어.

2부

사색(思索)

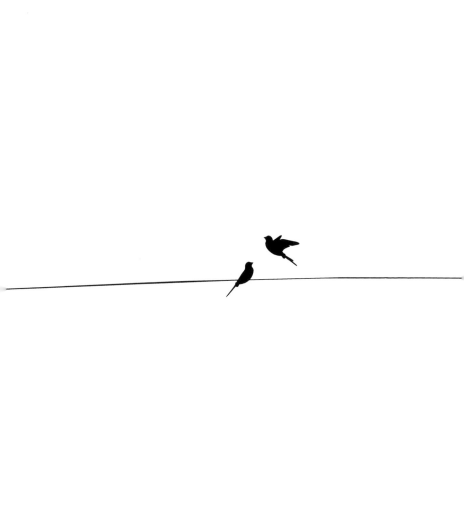

사색(思索)

저 멀리까지
강줄기가 바라다보이는
온갖 소음이 들리지 않는
꽃향기가 바람에
살포시 속삭이며
사람이 없는 곳에서
서너 시간쯤
너와 함께하고 싶다.

부정(不正)할 수 없는
관계 맺기에 엉켜버린
상념(想念)의 실타래를
아낌없이 꺼내어
봄바람이 살랑대며
풀어 놓을 때까지
서너 시간쯤
너와 함께하고 싶다.

마음에 남아 있는
삶의 껍데기들을
흰 구름이 밀어내면
침묵의 강이
알뜰히 모아 담아
달아날 때까지
서너 시간쯤
너와 함께하고 싶다.

이랑과 고랑 사이

힘겹게 올라
정상(頂上)인 줄 알고
내려다보던 곳이
이랑과 고랑 사이의
이랑이었어.

끝없는 추락이
심연의 골짜기인 줄
알고 있었는데
이랑과 고랑 사이의
고랑이었어.

오르락내리락
파형의 생체리듬 속에서
다 이룬 듯이 그랬고
다 잃은 듯이 그랬어
이랑과 고랑 사이에서

책을 읽으며

몇 시간이 훌쩍 지났어
책은 왼쪽으로
고개를 돌려 누웠고
그런데 머리는 하얘
뭘 한 거니

괜찮아 다 그래
또 읽으면 되잖아
나를 인식(認識)할
시간은 충분해
서두를 필요 없어.

습관 바꾸기

참지 못하는 조바심이
힘들게 할 테지만
어금니 깨물고
시간을 이겨봐.

몇 날이 지날지는
너만이 알고 있겠지만
기다림의 시간만큼
만족한 미소를 줄 거야.

모두 거짓말

변화를 바라거든
먼저 변하라고 했어
그렇게 했거든
모두 거짓말이야

변할 때까지
오래도록 꾸준히 하라고
그렇게 했거든
모두 거짓말이야

변하는 건 없어
자기 합리화일 뿐
살기 위해 말 맞추는
모두 거짓말이야.

사월은 아프다

사월은 아프다
제주 항쟁이 그랬고
침몰한 세월호가 그랬고
학생 혁명이 그랬고
고통 속에 잊힌 것들이 그랬다.

나라 잃은 아픔도
동족의 살육도
몸서리치는 이념의 갈등도
힘없는 민초들의
살기 위한 몸부림이 그랬다.

아픔 많고 슬픔 많은
나날이 모여
역사가 된 마을들이
어귀를 지키는 당산나무에 기대어
아픔을 치유하고 있다.

참살이

잘 살아야지요
늘 하던 대로
시(詩) 쓰고 독서하고
묵향으로 마음 다독이며

잘 살아야지요
늘 하던 대로
세상 사는 이야기도
골고루 살피며

잘 살아야지요
늘 하던 대로
조금쯤은 나누며
변함없는 당신과 함께.

바라봄에 대하여

어색하게 자리한
강변의 고층 아파트
넓은 벌 사이의
작은 야채밭에
눈길 주는 시간이면
그 자리에 있는 사내

누가 왜
무엇을 어떻게는
알 수 없지만
심고 가꾸는 모습이
신선하고 아름다운
실루엣으로 보인다.

앉고 서고 구부리고
열심히 흙과 놀다
잰걸음으로 사라지면
사내를 쫓아가던
눈길을 접는다.

펜을 입에 물고
지켜보고 있다는 걸
사내는 알까
아마 모르겠지
나를 지켜보는 눈길을
내가 모르듯이

쉬었다 가세요

가던 길 멈추고
기다리다 보면
새로운 것들이 보여요
쉬었다 가세요.

새소리 바람 소리에
덤으로 얹어 오는
꽃향기도 있어요
쉬었다 가세요.

낙엽 밑에 숨어
눈 흘기고 있는
들꽃의 수줍음도 있어요
쉬었다 가세요.

느리게 알게 된 것들이
소중한 보물이 될 테니
힘들지 않아도
쉬었다 가세요.

관계 맺기

그림을 그린다
빛깔의 종류와 곳에 따라
크고 작은 붓들이
붓통에 그득하다
크고 작고 납작하고 둥글고

사람을 만난다
똑같은 사람은 없는데
같은 생각과 행동으로
지나치게 만들고 있는
관계의 오류

붓 하나로
그림을 완성할 수 없듯
자기 기준의 의미는
편협한 고독을 만들 거야
끝내는 무관심으로

작은 새

청량한 새 노래가
내려앉고 있는 오솔길
나뭇가지 사이로
간신히 찾아낸
작은 새 한 마리

작은 몸에서
어찌 그리 고운 목소리로
풀과 나무와 대지를
그리고 하늘과 나를
포근히 다독일 수 있을까

작은 의견의 차이에도
갈등을 만드는
어긋난 우리네 삶이
새소리를 곱게 잡아
마음을 씻는다.

사이버 친구

함께 차 한 잔
마주한 적 없는데
오래된 친구보다
더 살갑게 다독이는

그대가 무엇을 하던
궁금해하지 않고
뾰족한 소리 없이
좋아요로 토닥이고
듣고 싶은 말만 속삭이는

생각이 같은 사람들이
허공에 모여
맞장구로 격려하며
부담 없이 찾아왔다
정(情) 쏟아 놓고 사라지는

자전거

걷기엔 너무 멀어
차는 갈 수 없고

걷는 건 너무 느려
차는 너무 빠르고

걷는 건 너무 힘들어
차는 너무 단조롭고

자신의 속도로
바람과 동행하고

자성(自省)

구겨질 대로 구겨진
거울 속 검은 얼굴
마음의 골은
또 얼마나 파였을까.

살기 위해 애쓴
시간의 훈장을
가리고 나선 길
민낯이 부끄럽다.

보이는 것은
보이는 대로
타인(他人)에게 맡겨 놓고
힘들게 마음을 씻는다.

침묵할 줄 알고
귀 열어 들을 줄 알고
모르는 것 끄덕이며
동행하는 기다림.

떠나며 남겨 놓은
흔적들을 모아
부드럽게 다독이며
눈을 감고 반추한다.

층간 소음

천정은 쥐들의 놀이터
밤새 뛰노는 소리에
빗자루 꼬나 잡고
천정을 두드려도
쥐들의 한판승이었지.

누렇게 변색 되어
뚫린 구멍으로는
검은 곰팡이로
솜옷 만들어 입고
쏟아지던 쥐똥들

마른기침 뱉어내며
함께 사는 것이라고
자장가로 생각하고
잠들면 괜찮다고
다독이던 할머니

천장 속 쥐들은 없어지고
사람이 사는 지금
천장 속 소음이
징그러운 쥐가 아니라
사람이어서 참 좋다.

부부의 날

생각해 보니
다툴 수 있는 것도
함께할 수 있으니까
마주하니까
가능한 일

세월이 한 명을
데리고 가면
다투고 싶어도
다툴 수 없고
그리움만 쌓일 거야

같이 있는 동안
마주 보며 다투지 않고
선을 넘지 않는
슬기로운 침묵이
화해를 만들 거야.

이제 알았어

내가 내 마음대로
할 수 있는 일이
몇 개 안 된다는 걸
이제 알았어.

생각할 수 있고
감정을 느낄 수 있고
말을 할 수 있고
행동할 수 있는 것.

다른 생각

의자의 개수보다
사람이 많은 인생 게임
앉지 못 한 사람만
불안한 건 아니다.

승자가 되어
앉아 있는 사람도
잠시 차지한 자리에
앉자마자 두려워한다.

여유 갖고 둘러보면
빈 의자도 많고
바닥에 철퍼덕 앉아
콧노래 불러도 되는데

여러 개로 갈라진
회전 교차로에 모여
같은 방향만 고집하는
좁은 생각이 안쓰럽다.

백수(白手)에게

합격의 꿈을 꾸며
야심 차게 발을 들였으나
몇 번의 불합격에
좌절의 술잔 들고
고개 숙인 그대여.

가질 건 다 가지고
살고 있잖아
입고 먹고 잠자고
고만고만한 인생길
그리 서두를 필요 없어.

빨리 꽃 피우면
시드는 것도 빨라
쉬어 가도 괜찮아
늦음이란 없어
조급한 마음 탓이지.

지금 이 순간
마음의 갈등과 타협하며
웃으며 찾아보는 거야
시간이 만든 공간 속에
숨어 있는 네 것들을

선거(選擧)

묵묵히 한자리에 머물며
싱그러운 잎사귀와
때에 맞춰 꽃피워 올려
심란한 마음
달래주는 반려 식물.

싫어서도 아니고
꽃이 미워서도 아니고
오랜 시간
한쪽으로 치우친
사랑의 방향을 바꾸고 싶었다.

오랜 인연의 화원에서
사랑 나눌 화분을 고르다가
비슷비슷한 꽃을 피우고
스스로 뽐내는 모습이
빈손의 선택을 만든다.

한쪽으로 기울어진
부조화된 안정이지만
화분을 돌려
해바라기를 해주며
정(情)을 나눈다.

어떤 만남

너를 만나러 가며
미리 연습을 많이 했어
할 말도 생각해 놓고
폼 나는 모습도
챙겨 놓았어.

세월을 잊은
네 미소는
내 머리를
하얗게 지우고
어색한 침묵을 만들었어.

그래도 연습 없이
주절거린 말들이
부드러운 만남을
만들었는지도 몰라
정해진 시간은 흘러갔으니

약속 없는 헤어짐으로
돌아오는 길
꼭 해야 할 말을
기억해내곤 되뇌었어
건강하게 오래 살아.

그래 천천히

쉬고 있다고 생각했지만
쉬고 있는 것이 아니었어
쉽게 생각할 것 하나 없는
우리네 관계 맺기
끝까지 가려면
지치지 말아야겠지
그래 천천히.

꿈속에서조차
가위눌림으로 괴롭히는
얽히고설킨 끈들의 향연
처음의 마음을 붙잡고
풀어가는 삶을 위해
생각을 접기도 해야겠지
그래 천천히.

버리기에 익숙한 모래시계의
마지막 모래알에
목숨을 걸기엔
너무 슬픈 일이잖아
다시 뒤집으면 되는데
끝나지 않은 믿음을 갖고
그래 천천히.

위로

너 혼자 사는
세상이 아니잖아
나도 살아야지.

모든 괴로움
너 혼자 가지면
내 것은 없잖아

욕심내지 마
가지고 갈 만큼
조금만 챙겨

3부

너만큼 나만큼

너만큼 나만큼

전쟁은 사라지고
대화와 타협을 준비한
사람들이 모여 사는
세상이 온 줄 알았어.

내가 사는 나라도
전쟁을 멈추고
휴전하고 있다는 사실을
왜 망각하고 있었을까.

평생 치유되지 못할
고질병으로 자리 잡은
전쟁에 대한 두려움이
익숙함으로 무디어진 걸까.

징그럽게 꿈틀대는
이념의 갈등이지만
너는 너만큼 나는 나만큼
나누며 살면 어떨까.

자동차 정비소

어디인지
얼마만큼인지
제 할 일 못하고
멈추어 서서
손길 기다리며
모여 있는 자동차들

연식(年式) 구분 없이
부딪쳐 깨어지고
나름의 고장으로
봄 마중 가는 길만
멍때리고 있는
한낮의 정비소

깨끗한 이별

벗꽃 잎들이
아직 남은 온기 품고
바람결에 잔소리하며
돌아서고 있다
쉽게 미련 버리고
참 깨끗하다.

머물지 못한 사랑이
이별을 고할 때
아직 남은 온기 품고
쉽게 미련 버리고
돌아서고 싶다
깨끗한 모습으로

들꽃의 교훈

꽃을 피워내고 있는
사월의 들녘
뿌리내린 곳에 따라
햇살의 관심을 받은 만큼
제각각의 나름으로
피고 지고 열매 맺고
다투지 않고
시기하지도 않고

태어난 때도 다르고
사랑받으며 자란 곳도 다르고
생각하는 것도 다른
남남의 사람들이 모여
자신의 모습은 찾지 않고
똑같은 모양의
똑같은 행복을 찾아
다투고 시기하고

살아 있으니 아프다

청춘은 아프다
성장하기 위한
성장통으로 아프다
다 크고 나면
이 아픔이 끝날까
정말 끝날까
끝낼 수 있을까

중년은 아프다
살아내기 위한 몸부림의
후유증으로 아프다
푹 쉬고 나면
이 아픔이 끝날까
정말 끝날까
끝낼 수 있을까

시간을 앞에 세우고

정말 비교하지 말자
자존심 상하게
부러워하지도 말자
나는 나답게
너는 너답게
멋지게 살아보자.

확실한 의미를 발견하면
들녘의 이름 없는
들풀로 살아도 행복한 것
자신의 뜻대로
시간을 앞에 세우고
새벽을 여는 하루를 시작하자.

미소 짓는 여명 속에서
너에게 맞는 미소를 찾아
입에 걸고
불안하게 흔들리는 미래를
두 손 꼭 부여잡고
가보는 거야 그렇게

빈 의자에 앉아
쉼표도 찍고
적당한 곳에 마침표로
갈무리하면서
네가 찾아낸
속도와 방향으로

노부부

노부부가 길을 간다
저만큼 앞서 걸으며
채근하는 할아버지를
훠이훠이 손 흔들며
바삐 걸음 옮기는 할머니
자꾸만 멀어져 가는
두 사람의 거리.

기다려 주지 못하고
정해진 몇 발짝 앞서 걷는
퍽퍽한 삶이었지만
대문에 먼저 들어서는
할머니의 굽은 허리를
헛기침으로 응원하며
다독이는 지팡이.

어떤 사람

감상적 섬세함으로
배려심이 깊은

삶의 방식을
스스로 결정하는

자신에게 성실하고
모든 일에 꼼꼼히 챙기는

그런 사람은
지금 세상엔 살기 힘들겠지.

나침반 바늘도
흔들리며 제자리 찾아가는

어떻게든 적당히 타협하며
살아가야 하는

미소 지으며 바라보다
돌아서서 침 뱉는

그런 세상에선
답을 찾기 힘들겠지.

선거철

말을 하지 않아도
마음길이 훤히 보이는
장사를 해도
좋은 장사꾼이 되기는 어려운
몇 명의 인물들이
회전 교차로에 서서
공익을 위해 봉사하겠다고
인사를 하고 있다.

고향 지키며 살다 보니
지난번에도 속았는데
저 인물은 아닌데
친구처럼 손 흔들며
회전 교차로를 도는
자동차에 대고
다정한 눈빛으로
허리 인사를 하고 있다.

옳은 것은 변한다

잘나서도 아니고
못나서도 아닌데
자리가 바뀌니
나는 변함없는데
생각이 달라지고
보이는 것이 달라진다.

아버지가 되어 보니
아버지가 생각나고
선생이 되어 보니
스승이 생각나고
관리자가 되어 보니
선배님이 생각난다.

각자 기준이 다른
만남과 인연에 기대어
실망할 필요도 없고
가보지 않은 길을
타인의 경험으로
미루어 말해도 안 되겠지.

거북한 만남의 대화엔
침묵할 줄 알고
조화로운 타협을 위한
미소를 지으며
잘나서도 아니고
못나서도 아니고

청문회를 보며

아무리 봐도
나라를 위해 일을 할
적재적소의
자격이 되는 인물들은
고향 지기로 살고 있나 보다.

모진 일 하지 않고
착하게 사는 사람을 보면
삶의 진솔한 모습이고
그런 사람이 나랏일을 하면
믿을 수 있을 것 같다.

아름다운 것들

수면을 떠돌다
버티지 못한 무게에
물속으로 내려앉는
꽃잎의 춤사위에서
아름다운 그 무엇을 본다.

물을 차고 올라
물갈퀴로 어둠을 헤치며
날아가고 있는
새들의 노랫소리에서
아름다운 그 무엇을 본다.

기다림의 시간
손전화기 놓고
빗방울을 세고 있는
숙녀의 손끝에서
아름다운 그 무엇을 본다.

침잠의 고독 속에서
새벽을 밝히며
즐거운 사색을 쓰고 있는
시인의 펜 끝에서
아름다운 그 무엇을 본다.

비교할 수 없는 당신

이젠 알겠지
기준이 같아야
비교할 수 있다는 걸

같은 것 하나 없잖아
생김새도 잘하는 것도
모두 다른 우리.

기준 없는 비교에
마음 쓰지 마
오직 너는 너야

세상에 사람을
짜 맞추려고 만든
틀은 없어 정말이야.

죽겠다

마을 어귀 느티나무 밑
할머니들이 모여
빈대떡 잔치를 벌이며
죽음을 팔고 있다.

맛있어서 죽겠고
행복해서 죽겠고
좋아서 죽겠고
많아서 죽겠고

죽음과 동행하며 건너온
지난한 삶의 여정에서
이제는 살만해서 죽겠다고
말끝마다 죽음을 팔고 있다.

참아봐

지금 내 앞에 펼쳐진
믿지 못할 현실이
눈 감았다 뜨면
잠에서 깨듯 사라지길
갈망한 적 있는가.

내 잘못도 아니고
네 잘못도 아닌데
운명의 고리에
족쇄로 채워져
무참히 끌려간 적 있는가.

어두운 강을 내려다보며
버거운 삶에
마침표를 찍으려다
커다란 쉼표를 안고
힘들게 돌아온 적 있는가.

입으로 뱉는 숨마저
턱 밑에서 놀다 가면
내려놓음의 달관이
평화와 행복을
만들고 있는 건 아는가.

마음 여는 법

밤새워 바람이
아우성치는 소리에
잠을 설쳤다.

빠끔 열린 창틀 사이를
비집고 들어오려고
다투는 소리다.

확 열었다
소리가 없다
평화롭다.

못난 사람

맞고 틀렸는지
정답은 알 수 없지만
자기가 만든
마음의 틀대로
살아가는 나만의 인생

생각하고 느끼며
말하고 행동하는 것
모두 스스로 선택하곤
잘못된 결과에
남 탓만 하고 있다.

시골 풍경

느티나무 그늘이 있는
작은 구멍가게
유통기한 넘긴 상품들이
시간을 고스란히 담고
기다리고 있는 인적

한잔 술에 노랫가락이
때때로 묵은 갈등을
풀어내던 평상은
다리 하나 잃고
무용담을 반추하고 있다.

유년의 앨범을 넘기며
찾아낸 흔적들이
파문을 만들고 지나가면
아프게 서걱거리는
대나무 이파리

깨어진 기왓장으로
소꿉장난하던 바람이
놀이를 끝내고 돌아가면
산그늘이 서두르며
발길을 재촉한다.

관조(觀照)

생명을 시작한
그 자리에서
성장하고 살아가다
끝내 끝을 맞이하는
나무의 생을
왜 무심히 보았을까.

모두가 고만고만하게
자신이 정한 자리에서
맴돌이하다
끝내 끝을 맞이하는
우리네 생을
왜 그렇게 힘들어했을까.

미지의 세계로
조심스레 뿌리 내리고
하늘을 좁혀가는
변함없는 순응의
반복된 열정을
왜 알지 못했을까.

랜선 친구

처음부터
만남은 생각하지 않았어.

전화번호와 메일을 알아도
만남은 원하지 않아

깨어지는 실체가
두렵기도 하고

랜선 우정을 나누며
상상하는 것으로 충분해

휴대폰

실시간 날씨를 알려주는
애플리케이션에
비나 구름 모양은
그려져 있지 않고
일주일 내내 해만
노랗게 웃고 있네요.

기우제를 지내며
비를 소망하던 때도
예보를 듣기 위해
뉴스를 기다리던 시간도
박제된 유물이 된
편안한 일상

시공을 허물어 버린
작은 휴대폰의
빠른 선택이
쉽게 만든 체념
기다림의 기대도
가뭇없이 사라졌네요.

트러블

이마에 트러블이 생겼어
알 수는 없지만
맞지 않는 무언가 있나 봐
신경이 쓰여
자꾸 손이 가
어떻게 하지 더 커졌어.

시간이 지날수록
가까이 다가갈수록
맞지 않는 너와 나
자꾸 신경 건드려
잔소리하게 돼
어떻게 하지 더 어긋났어.

때로는 말이야
그냥 내버려 둬봐
제풀에 지쳐
고요해질 때까지
무관심의 기다림이
토닥이며 치유할 거야.

소망

짧지만 긴
길지만 짧은
우리네 한살이

모래알만큼이나
많은 이들이
살다 간 지구별

많은 사람이
가슴 아파하며
그랬을 거야

작은 일이라도
나누고 싶어
그 어떤 사람처럼

4부

물새 한 마리

물새

아기 물결과
술래잡기하고 있는
작은 모래섬
멈춘 시간에 박제된
물새 한 마리

노 저어 찾아온
꽃잎의 손짓도
물장구치며 놀고 있는
조각구름의 애교도
의미 없는 일상

스치고 지나가는
작은 인연들에게
고독을 선물하며
바람이 되고 물이 되고
자연이 되고 내가 되고.

봄 그리고 동산

물 항아리
올망졸망 모여 앉아 쉬는
작은 동산에
산 벗나무 한그루
꽃을 피웠다.

폴짝거리며
놀고 있는
소녀의 머리핀이
꽃향기 싣고
하늘거린다.

꽃놀이

남북으로 길게 누워
한라에서 백두까지
차례차례 꽃 피우는
꽃 열차가 출발한다.

이어달리기하던
꽃들의 향연이
발목 걸려 넘어지며
빠져드는 한탄강*

날개 달린 것들의
계속되는 만찬 속에
향기가 비에 젖어
강물 따라 흐른다.

한탄강: 한반도 중서부 화산지대를 관류하는 강. 북한 지역의 강원도 평강군 장암산 남쪽
계곡에서 발원하여 김화군 경계를 따라 남쪽으로 흘러들어 강원도 철원군과 경기도 포천
시·연천군을 차례로 지난다.

봄바람

봄바람이 세게 부는
까닭을 알 수 있어요
제 할 일 다 한
꽃잎들의
긴 여행을 위해

봄바람이 세게 부는
까닭을 알 수 있어요
각각의 모습에 담고 있는
꽃향기들의
새로운 만남을 위해

조화로움

회색 공간을
서두르며
채색하고 있는
그림붓 햇살.

봄비로
물감을 풀고
새소리는
덤으로 얹어

꽃을 그리고
바람으로 지우고
소꿉장난 하는
봄의 손길.

칭찬의 힘

참 오래된 일이야
중학교 가을 어느 날
작문 선생님의 한마디 칭찬
너는 글을 잘 쓴다며
친구들 앞에서
내 글을 읽어주셨지
예쁜 목소리로

그거 알아
그 한마디가
평생 글을 쓰는 사람으로
살게 한 것을
과분한 칭찬의 오해를
바로 알게 된 것은
이미 때가 늦어버린걸.

모래시계

민들레꽃이
흰 수염 날리며
서둘러 떠나고 있는
양지바른 언덕길

빠르게 꽃 피웠으니
빠르게 꽃잎 지고
빠르게 사라지는
빠름에 대한 진실

정해진 모래시계의
흘러내리는 모래만큼만
꽃피우고 사라지는
너와 나 우리

부부(夫婦)

지우개 달린
연필 한 자루

나는 서툴게 써가고
너는 공들여 지우고

내가 써 내려갈 때
너는 침묵으로 지켜보고

네가 깨끗이 지울 때
나는 하늘 보며 쉬고

함께 할 수밖에 없는
유한(有限)한 숙명의 모순

먼저 할 일

당신은
지금 외롭나요.

누군가에게
관심과 인정받고 싶나요.

그럼 먼저
할 일이 있어요.

이 글을 읽으며
얼굴에 미소부터 지어 봐요.

능수버들

강물과 무릎 맞대고
놀고 있는 능수버들
늘어진 붓으로
바람이 그림을 그린다.

투명한 도화지에
선은 힘 있게
여백은 조심조심
끝없이 그려 내고 있다.

참맛

학교 갔다 돌아와
주린 배 물로 채우고
지게 지고 꼴 베러 간
유년의 어느 날.

풀숲에 숨어
노랗게 익은
개똥참외 한 개
그 참맛.

시공과 종류를 초월하여
무엇이나 먹고 싶을 땐
언제나 먹을 수 있는
편리한 세상

다 살 수 있어도
그 참맛은 살 수 없고
가난한 그 시절이
조금은 아니 매우 그립다.

산행(1)

마음이 거칠어져
다독이고 싶을 땐
홀로 산길을 걸어 봐요.

혼자서도 잘 놀며
환영노래 불러주는
이름 모를 새들

높은 자리 내어 주고
미련 없이 흘러가며
소근대는 물들의 수다

살포시 두 볼을
감싸 안고 다독이는
향기 품은 바람

나무와 놀고 있는
푸른 하늘의 평화가
기다리고 있는 그곳에

풀잎

아침 햇살이
활시위를 떠나
풀잎에게 다가가며
조용히 속삭입니다.

내 사랑을
받아드릴 수 있어

햇살의 뜨거운 사랑에
들뜬 풀잎이
목마른 열정으로
힘없이 말합니다.

아무렴 얼마든지
별빛에 기대어 쉬면 돼

분갈이

처음부터 너에게
좁지는 않았을 거야
누군가의 손길에
욕심껏 엉켜버린
세월의 흔적

썩은 뿌리를 자르고
분갈이하며
터 잡기 위한 몸살을
배양토로 다독이며
이제는 괜찮다고

나무

꽃이 피고 지면
씨앗이 열리고 익으면
잎사귀가 떨어지면
나무는 할 일을
다 한 줄 알았어.

동토에 뿌리내려
자신을 다독이고
경험의 순응(順應)으로
세파에 손 흔들며
지키는 자리인 걸

너의 고단한 삶을
알게 되기까지
얼마나 시간이 지난 것일까
거울 속의 낯선 사내가
자신의 눈빛을 피하고 있다.

보름달

보름달입니다
전등을 켜지 않고
달을 봅니다
달빛이 아무리 밝아도
햇빛만큼 밝을 수 없고
달빛이 햇빛만큼 밝으면
이렇게 바라보며
기도할 수도 없겠지요.

달빛은 달빛대로
햇빛은 햇빛대로
서로 다른 역할에
아름다운 순응입니다
때로는 강함보다는
지속적인 은은함이
뜨거움보다는
따스함이 그리운 시간입니다.

똑같지 않은 우리가
내가 너에게 조금
네가 나에게 조금
부담 없는 기댐과
소리 없는 삐걱거림이
정 나누며 사는 길이려니
햇빛의 밝음에 기죽지 않은
달빛의 고교함으로

금계국

멀고 먼 이국땅에서
심고 가꾸는 손길 없이
흐드러지게 피워 올려
지친 들녘을
노란 양탄자로 감싸는

산란한 봄바람에
박자 맞춰 추는 춤은
무료입장한 관객의
심란한 마음을
상큼하게 다독인다.

농토

온종일 모자 쓰고 있는
농토는 얼마나 답답할까
모내기 철이 되면
벗을 줄 알았던 비닐을
옆구리만 걷어 올린 채
구석구석 빈틈없이
칼 뿌리로 찔러 댄다.

햇살 한 줌 품지 못하고
비 한 방울 맞지 않은
곱고 고운 처녀 채소들이
싸게 몸 팔려 가지만
비슷하게 성형된 맛으로
식탁에 오른다.

반송(返送)

그대가 있는 곳의
주소를 곱게 적어
인연을 선명하게
덧칠하기 위해
보낸 마음의 시집(詩集)

수취인 불명의
보라색 둥근 도장과
손때 묻은 겉봉투를 보며
인연이 다한 것 같아
마음이 시리다.

그대를 찾기 위해
전화기를 만지작거리다
낯선 곳을 헤매며
지치고 구겨진 시집을
마음 접어 토닥인다.

풀꽃

괜히 슬퍼하거나
아쉬워 하지 마
미련도 갖지 말고
꽃은 피었다 지는
타고 난 숙명이니까.

성난 바람에
쉽게 스러지며
꽃잎 날린다고
지조 없음을
탓하지도 말고

여린 몸에 숨긴
유한(有限)한 화려함과
절제 할 수 없이
퍼져나가는 향기는
위대한 생(生)이니까.

봄 가뭄

타들어 가는
농작물을 바라보며
기도하는 농부를 외면하고
비구름 떼어 놓고
흙먼지 데리고 지나가는
얄미운 봄바람

지칠 대로 지친
녹색 식물들이
밤하늘 별빛이 주는
한 방울 이슬에
몸 추스르며
서둘러 꽃 잔치를 접는다.

산행(2)

성난 바람에 뒤집힌
이파리를 다독이다
지친 떡갈나무가
등산객의 손에 들린
작은 물병을 탐내는 한낮

계절 잃은 태양은
한여름을 앞서가고
골짜기를 흐르던
실개울도 메말라
목마름에 허덕이는 뿌리

탁란한 뻐꾹새의
비겁한 슬픔을
가득 품은 골바람이
고단한 숲속 마을의
계절을 만들어 간다.

틈

바람이 헤집지 못하면
서로의 열기로
문드러지고 말아
너도 죽고 나도 죽는 거야

날 더운데 왜 그리
부둥켜안고 있어
적당히 놔줘
멋대로 놀다 오게

5부

그냥 있어 줘

그냥 있어 줘

치유되지 않는 고통도 있어
널 사랑한다는 위로도
넌 좋은 사람이라는 격려도
정신 차리고
현재를 보라는 현명함도
뻔히 알면서도
아무 소용이 없고
오히려 상처가 될 때가 있어.

할 수 있는 일은
단지 곁에 있어 주는 것
절망과 슬픔을 같이 느끼는
마음의 답답함 때문에
성급한 해결책을 던져주지 말고
위로하려는 말이
단지 자기만족이 되지 않도록
때가 될 때까지 기다려 줘.

풀밭

바람의 부지런한
손길이라고 하자
처음부터 그렇게 태어났다고
쉽게 말하지 말자
저렇게 가꾸고 다듬어낸
탁월한 수고로움을 예찬하자.

잎사귀와 꽃 그리고 씨앗이
까마득한 옛날부터
전승되어 온
나름의 색과 결 형체를
슬쩍슬쩍 드러내며
나 살아 있다고 한다.

다시

싹도 트이지 못하는
씨앗이 있고

싹을 트였으나
꽃을 못 피우는 것도 있고

꽃은 피웠으나
열매를 맺지 못하는 것도 있고

열매를 맺었으나
쓸모없는 열매일 수도 있고

나는 아직 살아 있구나
황홀한 희망을 품고

소라게

바람을 안고
오르고 내림의 멀미에
지친 바다가
흰 거품 토해낸 갯바위

어긋난 바위틈에
앙칼진 파도를 이겨내고
몸으로 웃고 있는
소라게 한 마리

금강

커다란 구렁이가

대지를 나누어

터 잡고

비늘로 반짝이며

위세 떨고 있다.

마음 채우기

씨앗을 뿌리고 가꾸는
농부의 마음으로
수확의 기쁨을
한꺼번에 누리려 하지 마.

이삭을 줍듯이
삶의 편린들을
감탄사 앞세워
수시로 들어 올리는 것.

고백(告白)

희망을 잃고
심연으로 침잠하는
사랑과 열정을
간신히 달래며
수시로 부둥켜안았어.

끈질기게 밀려오는
허무(虛無)와 싸우며
붙잡고 있길 잘했지
이제 와 생각하니
모두 다 네 덕이야.

기도

당신의 고통을 보는
내 마음이 아프다고
당신의 고통을 함부로
말하지 않을게요.

내 마음이 편해지기 위해
당신의 어깨를 두드리며
재촉하지도 않고
위로의 말도 하지 않을게요.

그렇게 오래 참고
그렇게 고른 소중한 침묵이
당신의 부서진 마음과
끝까지 함께 할게요.

어떤 詩人

타인의 눈에
맞춰야 할 필요 없어
내가 좋아하고
가치 있다고 여기는
일이면 돼.

세상을 향한
미의(微意)의 선(善)을 담은 대가로
지인들과 차(茶) 한 잔
나눌 수 있다면
행복이고 축복 아니겠어.

깊은 어둠의 골에서
산란하게 춤추는
낱말을 붙잡아 의미를 심으며
초보 농부의 마음으로
새벽을 시(詩)로 연다.

슬픈 일

하나
나이가 준
얕은 경험을 내세워
대우받으려고 하는
어느 노파의
다물지 않는 입

둘
소중한 것은
실패와 좌절의 경험이
이정표를 만들기도 하는데
입과 귀 꾹 다물고
휴대폰에 고개 숙인 젊은이

회갑(回甲)

무모하게 보일지라도
내 인생을 시작하겠다는
용기를 가질 수 있다면
가질 수만 있다면

지금껏 살아온 것과
다른 걸 할 수 있는
용기를 가질 수 있다면
가질 수만 있다면

나답게 살기
참 좋은 나이
용기를 가질 수 있다면
가질 수만 있다면

얼마나 좋을까

시간 앞에 고해성사하며
매우 부끄럽지만
지나고 나서 보니
보이는 것들이 아쉬워
몇 발짝 뒷걸음쳐
돌아갈 순 없지만
다시 시작할 수 있다면

기억이 제멋대로
만들어 낸 그리움을
애써 도리질하며
그리운 것들을 모아
어느 곳에서나
멋대로 출발선을 긋고
다시 시작할 수 있다면

용량(容量)

만년필에 잉크를 채우며
사용한 만큼
사용하지 않더라도
시간의 흐름에 없어지는
용량을 생각했어.

가지고 있는 크기만큼
흔적을 남기고
소진되면 다시 채우는
모래시계의 되돌림을
그리하여 여백의 채움을

나는 무엇으로
채워가고 있을까
어쭙잖은 지식과 경험을 앞세운
편협의 시각이
만든 용량은 아닐까

찻잔의 마른 티백을
남은 물로 채우며
사유의 방향을 바꾸고
무디어진 감정을 깨워
빈 곳을 채우러 간다.

어느 휴일

직장 생활에 바쁜
아내를 위해
음식 만드는 시간을 줄였다.

아침은 야채 식단으로
점심은 각자 알아서
저녁은 시간 많은 내가

김치는 종갓집에서
밑반찬은 보라네 집에서
때때로 홈쇼핑도 하고

시장 구경하던 아내
싱싱한 채소를 보며
기억해 낸 잊힌 손끝

물김치를 담아 보고 싶단다
분주한 아내의 등이 따뜻해 보인다
간은 안 봐도 되겠다.

시간 열차

통과하는 시간과 공간이
조금씩 다를 뿐
비슷한 궤도를 돌다가
하차하는
그리하여
잘남도 없고
못남도 없는

여행길의 생각함과 느낌도
아는 만큼
보고 듣는 것이려니
모르면 모르는 대로
알면 아는 대로
아쉬움도 없고
미련도 없고

낯설고 익숙함이
반복되는 인연들과
생각을 엮어
빈 곳은 채우고
채운 곳은 비우며
좋은 것도 없고
나쁜 것도 없고

응어리

만질 수 없고
보이지 않고
냄새도 없지만
한숨 뒤에 숨어
크고 있었구나.

가난에 억눌리고
삼강오륜에 억눌리고
살기 위해 억누른
지난한 시간이
알알이 맺혔구나.

몰락한 양반의
업보를 안고 태어나
익숙하지 않은
자본주의 시장에서
너는 살아남았구나.

무너진 기준

벌을 받아야만
죄가 되는 세상이라
벌을 받지 않으면
죄가 아닌 줄 안다.

법의 테두리는
보이지 않는 고무줄
권력과 재력으로
탄력의 강도(強度)를 만든다.

사람의 일이라 치부해도
무너진 기준으로 들이대는
죄와 벌의 경계선이
보이지 않아 불안하다.

깨우침

예견하지 못한
시간과 공간에서
네 전화를 받고
핑계부터 찾았어
마음 버림의 시간이
더 필요할 것 같았거든

옹졸한 선택이 만든
빠른 후회는
알량한 자존심과
힘겹게 사투하고 있어
네 전화번호는
숫자 하나 길게 누르면 되는데

마음 담아 내민 손을
마주 잡지 못한
미안함의 자책이
벌떼로 일어나고 있어
왜 그랬는지 몰라
쉬운 일인데

방향 정하기

먼 옛날부터 지금까지
시인과 묵객들은
단정 지어 말했어
삶이 여행이고
여행이 삶이라고
누구나 한 번뿐인

삶의 이정표는
무엇이기보다는
어떻게이고
여행의 목적은
어디를이 아닌
무엇을이겠지.

너를 위한 詩

조금만 힘내
알고 있잖아
모든 걸 걷어 가는
시간이 있다는 걸

젊은 날에는
젊음이 보이지 않아
사랑할 때는
사랑이 보이지 않고

관계 속의 갈등도
목마르게 하던 열망도
비교당하는 아픔도
균형을 위한 몸부림

가장 나답게
마음이 건네는
작은 속삭임도
외면하지 않는 나날이

어느 곳이든 사랑이 있고
살아 있음이
행복을 만들어 웃고 있어
조금만 가면 돼

변명(辨明)

희소성이 있으면
가치가 높아지는 거야
당연한 일이지
가르치는 사람은 많고
배우는 사람은 적으니까

가르치는 사람은
사랑에 대한 열정을 잃고
배우는 사람은
의무도 존경심도 사라진
노동에 대한 보상의 만남

급식으로 배 불린 학생들은
방과 후 좋은 선생님과
학원으로 놀러 가고
빈 교실에는 전열기들이
기지개 켜고 제 할 일만 하고 있다.

부흥기(復興期)

원하고 좋아하는 일을
할 수 있는
건강한 열정이 남아 있을 때
나를 채우는 시간을
온전히 내 마음대로
쓸 수 있는

사랑해야 할 사람들의
마음을 읽고
하늘의 뜻까지는
알 수 없으나
마음의 평화를 얻는 방법을
조금은 알게 된

한 번도 바라본 적 없는 곳에
여유로운 시선으로
머물 수 있고
뛰지 않고 능력껏 걸어도
마음먹은 곳에
꼭 갈 수 있다는

힘든 시간의 터널도
언젠가는 반드시
빛이 보이는 곳으로
나온다는 걸 알기에
고통이 와도
기다림을 앞세울 수 있는

상처가 생겨도
조금은 무뎌지기도 하면서
긍정의 끄덕임으로
아픔을 참으며
새살이 돋아나는 데는
시간이 필요하다는

먼 길 걸어오면서
나의 전성기가
언제였는지는 알 수 없지만
지금은 부흥기라는 걸
인생 후반전에서야 찾은
빛나는 나의 브랜드